AF377312

LETTRE

A M. L'ABBE' DE LA M....

SUR LES DÉBUTS

DU Sr. FROMENTIN

AU THÉATRE FRANÇOIS.

M. D. C. C. LXV.

LETTRE

A M. L'ABBE' DE LA M....

SUR LES DÉBUTS

DU Sr. FROMENTIN

AU THÉATRE FRANÇOIS.

MONSIEUR,

ES débuts des nouveaux Acteurs qui fe préfentent au Théâtre François, n'attirent jamais plus de concours, que quand la difette des talens s'y fait évidemment fentir; & vous n'êtes pas à remarquer combien elle

A

eſt ſenſible aujourd'hui. Le goût des Opéra-Comiques ou Bouffons, & des Pieces à Ariettes, a preſque éteint, dans les Provinces, (dont les Trou-pes ſont autant d'Ecoles pour les Théâ-tres de Paris) le germe des talens du grand genre, qui ſont ceux de l'Ac-tion Tragique & du Comique noble.

Le Début d'un Acteur en ce genre, doit donc intéreſſer autant, ou même plus à certains égards, que beaucoup de Nouveautés Dramatiques. Le Pu-blic, au moins, eſt ici flaté par un ſentiment ſupérieur à celui qui l'ame-ne aux Pieces nouvelles, puiſqu'on lui défere le choix des Sujets deſtinés à lui reproduire ce qui fait ſes plus chers amuſemens, & que ce ſont ſes ſeuls ſuffrages qui font admettre ou rejetter ces Sujets. Depuis deux mois, le Public a joui pluſieurs fois de ce Spec-tacle, & a eu lieu d'exercer ſes droits.

Le plus brillant des derniers Débuts, ou celui que les circonſtances ont rendu le plus intéreſſant, eſt le Début du ſieur *Fromentin*, jeune homme qui n'a pas dix-ſept ans [1], & qui eſt le fils du ſieur *Blainville*, Comédien ordinaire du Roi.

Je vous ai promis, MONSIEUR, de vous rendre un compte fidele des Débuts de ce jeune Acteur, & de l'accueil qui lui ſeroit fait. Vous l'auriez mieux vu, mieux jugé vous-même, ſans l'accident de votre goûte ; mais il faut remplir mon engagement. Voici l'ordre des Repréſentations.

Le Mercredi 23 Janvier, il joua pour la premiere fois le principal Rôle dans la Tragédie d'*Alzire*, celui de *Zamore*, qu'il continua le Samedi 26. Le Lundi 28, il fit, dans la Tragédie

---

[1] Suivant des informations ſûres, il a eu, le 5 de ce mois, ſeize ans huit mois juſte, étant né le 5 Juin 1748, à Paris, ſous la Paroiſſe de Saint-Sauveur.

d’*Iphigénie en Aulide*, le Rôle d’*Achille*, qu’il reprit le Mercredi 30. Le Jeudi 31, il joua à la Cour, devant le Roi, le Rôle de *Zamore*. Le Lundi 4 Février, il joua dans la Tragédie de *Zaïre*, le Rôle d’*Orofmane*; & le Mercredi fuivant, 6 du mois, il termina fes Débuts par le même Rôle.

Vous imagineriez-vous, MONSIEUR, qu’un Débutant de feize ans & demi, avec des difpofitions extraordinaires, & une figure telle qu’on pourroit la defirer dans tous les Acteurs, pût infpirer d’autres fentimens que de l’intérêt & de l’indulgence, qu’on pût même faire autre chofe que de l’encourager par tous les moyens poffibles? Je vais donc bien vous étonner!

Tous ceux qui ont voulu s’en appercevoir, ont vu, comme moi, qu’il y avoit contre lui la plus forte cabale, & ce qu’il y a de plus honteux, cabale formée par ceux mêmes qui, pour leurs propres intérêts, ou pour l'intérêt commun de leur corps, devoient le plus favorifer fes fuccès. C'eft du fein des foyers que le Serpent de l'envie s'eft élancé dans le Partere, & qu'il a même parcouru quelques autres parties de la Salle. On a remarqué toutes fes manœuvres, on fçait où il s'eft formé, d'où il eft parti; & fi le mépris le plus profond n'étoit la plus sûre vengeance de la baffeffe inféparable de la médiocrité ou des faux talens, il fuffiroit de nommer les Auteurs de cette cabale, pour les couvrir de confufion. Mais vous allez voir ce qu'elle a produit.

On a prétendu juger un jeune homme, prefque formé jufqu'à préfent par la Nature feule [1], avec plus de rigueur qu'un vieux Débutant qui auroit roulé pendant vingt ans en Province.

---

[1] J'apprends qu'il eft Éleve du fieur Dubois.

On a d'abord cherché, dans fa figure, tous les défauts qu'on defiroit y trouver, & ce premier avantage qu'il a vifiblement fur les trois quarts de nos Comédiens actuels, a été livré aux plus malignes recherches des femmes de la faction comique. On a enfuite épluché fon gefte, fes bras, fon maintien, fon action, fon vifage, & tous les tons de fa voix. On a porté l'imbécillité, le ridicule & l'injuftice, jufqu'à vouloir que ce jeune homme, montant pour la premiere fois fur les planches, à un âge où les plus petits talens, foupçonnés à peine, avant d'être éclos, font bien accueillis, eût l'expérience & toutes les parties qu'ont très-peu de nos Acteurs émérites, ce qui git en fait. Mais laiffons l'Envie mordre fes couleuvres, & frémir inutilement à l'évidence des talens qu'elle eft forcée de reconnoître : revenons aux Débuts.

A la premiere Repréfentation d'*Al-*

zire, la timidité dont les hommes faits les plus exercés ne font pas exempts, & fur laquelle on a eu foin, dans un des Mercures de Janvier, de rejetter le foible fuccès d'un des derniers Débutans [1], auroit dû faire un terrible effet fur le jeune Acteur : cependant elle ne fut fenfible qu'au commencement du fecond Acte, où elle avoit un peu éteint fa voix, & réfroidi ou rallenti fon action. Mais, je pourrois en attefter tous les Spectateurs attentifs, cette inévitable timidité n'altéra point fes inflexions vraies & naturelles : il ne fit pas un feul contre-fens de déclamation, & la plus grande vérité fe foutint jufqu'à la fin de la Piece. Il faut convenir qu'il fut très-bien fecondé par Mlle *Clairon*, qui, dans le Rôle d'*Alzire*, mit la plus grande précifion, & toutes les nuances du fentiment. Il eût

---

[1] Le Sieur Marfant.

ce jour là, pour Spectatrices, deux Juges des talens qu'on ne fçauroit recufer, & dont le feul jugement pourroit difpenfer de compter les fuffrages, Mlle. *Dangeville* & Mlle. *Dumefnil*. Elles l'écoutoient avec trop d'attention, pour l'entendre fans intérêt.

Ce premier Début fit porter divers jugemens de l'Acteur, & aucun de ces jugemens ne pouvoit être, ni raifonnable, ni jufte ; car comment pouvoir décider de toute l'étendue d'un talent qui fe produit pour la premiere fois ? On lui reprochoit d'être froid, d'avoir peu ou point d'action, fur-tout point de bras, & d'avoir manqué tout le jeu muet.

Dans un Comédien fait & qui ne pourroit rien acquérir, [combien en connoiffons-nous, vous & moi, à qui tout cela manque fans reffource, ou qui ont les défauts contraires !] une figure comme celle du jeune homme, un corps de voix auſſi net, mais qui ne feroit pas attendre tout ce que la ſienne promet, autant d'intelligence de l'enſemble de la Scêne, enfin une déclamation variée, touchante & de la plus grande juſteſſe, auroient fait paſſer ſur-tout le reſte.

Ce n'eſt pas ainſi qu'on a traité le jeune Acteur. Il a reçu des applaudiſſemens, parce qu'il en méritoit, & qu'il eſt de l'intérêt public d'applaudir des talens naiſſans, encore plus que des talens formés qui n'ont plus beſoin d'encouragement. Mais excepté quelques bons Juges (que j'en crois bien plus que la Tourbe), on n'a pas voulu démêler dans ce qu'on appelloit. *Froideur*, le plus beau naturel du monde, parce qu'il eſt étranger en effet pour la plûpart des Spectateurs qui voient aujourd'hui les preſtiges de l'Art ſubſtitués preſque par-tout aux tons ſimples & aux mouvemens vrais de la Nature.

Des gens furent même affez injuftes pour fermer volontairement les yeux fur tout ce qu'il montroit d'entrailles ; & au lieu de lui tenir compte de la fageffe de fon action, parce qu'elle n'étoit pas de fon âge, ils oferent l'accufer d'avoir l'ame froide.

Soit qu'on l'eût averti de ce reproche, foit plus vraifemblablement qu'après le premier pas fait, il eût moins de timidité, à la feconde Repréfentation d'*Alzire*, il mit, dans le Rôle de *Zamore*, autant de chaleur que d'intérêt, & parut très-fupérieur à lui-même.

On l'attendoit au Rôle d'*Achille*; & fes envieux, ou les ennemis du bien (qui croient toujours y voir leur mal) annonçoient fourdement fa chûte. Mais deux pas faits dans la carriere l'avoient déja fort avancé. Le jeune Acteur tâta d'abord le Théâtre, & par trop de fageffe encore, il parut être un peu refté en deçà du caractere bouillant qu'il avoit à repréſenter. Cependant il ne manqua rien d'eſſentiel : il fit tout valoir, & il ſe tira fort heureuſement des endroits même les plus ingrats pour la déclamation naturelle, qui n'a pas la reſſource des cris.

La ſeconde Repréſentation d'*Achille* eut le ſeul aſſaiſonnement qui pouvoit y manquer la premiere fois, je veux dire un peu plus de feu, & par conſéquent développa beaucoup mieux l'Acteur. Il rendit ſur-tout en Maître les dernieres Scênes du troiſieme Acte, & la belle Scêne du quatrieme, entre *Agamemnon* & *Achille*. Ce fut là qu'il ſçut graduer & mêler ſucceſſivement, avec une intelligence rare, le flegme, la chaleur & la plus noble fierté. Ce Vers heureux du troiſieme Acte : *Cet Oracle eſt plus ſûr que celui de Calchas*, fut prononcé d'une maniere neuve, non du ton de la forfanterie, mais avec la mâle aſſurance & le ton ſimple de l'héroïſme. On le lui rendit, dès le jour même, dans des Vers qui lui furent remis cachetés pendant la petite Piece, & que j'ai tranſcris pour vous ſur une de ces Copies qui courent apparemment dans les Caffés :

Enfant gâté de Melpomene,

Pourſuis, ne te ralentis pas ;

En toi nous reverrons, & Baron, & du Freſne :

Cet Oracle est plus sûr que celui de Calchas.

Quatre Débuts, où le plus grand concours s'étoit ſoutenu conſtament & avoit produit de fortes recettes, auroient dû réconcilier notre Acteur avec la Caballe comique ; mais la maniere dont il avoit exécuté le Rôle d'*Achille*, où l'on comptoit le voir échouer, fit craindre pour le ſuccès d'*Oroſmane*.

On tenta d'abord de le dégoûter de ce Rôle, dont on lui repréſentoit les difficultés. Le ſieur le Kain, lui diſoit-on, s'étoit trouvé plus d'une fois hors

d'état de l'achever. Comment pour-
roit-il foutenir un Rôle qui fuppofoit
un homme au moins de trente ans, &
qui demandoit des poumons , qu'on ne
pouvoit attendre en effet d'un homme
de dix-fept? Le jeune Acteur, auffi
courageux que fûr de fes forces, avoit
paffé le Rubicon : il ne voulut pas re-
culer. La Caballe s'arma donc de nou-
veau, pour tâcher de le faire fuc-
comber.

La premiere Repréfentation de
Zaïre fut cependant affez tranquille, à
quelque rumeur près excitée dans le
Parterre par un homme qui payoit fa
place à fes Commettans, en frondant
le jeune Acteur *ab hoc & ab hac.* Celui-
ci mit, dans fon Rôle d'Orofmane, le
jeu naturel des paffions, les mouvemens intérieurs, les vrais tons de l'a-
me, & tout ce qu'on pouvoit attendre
de l'Acteur le plus confommé. On crut
encore le trouver froid, parce qu'il

étoit dans la nature. On auroit voulu qu'il eût joué comme un furieux, comme un forcené, le Rôle d'un jaloux sombre & dissimulé, auquel il faut principalement conserver de la dignité par-tout, tant parce que c'est un Souverain, que parce que, dans sa jalousie, c'est un Amant très-délicat. Il fut applaudi, mais fort sobrement. Les applaudissemens du Partere furent prodigués à Nereſtan, Personnage subordonné. La seule vue de ce Nereſtan, ce jour là, fit une sensation si singuliere, qu'il fut applaudi de la Cantonade avant que d'avoir dit un seul mot, comme on applaudit les grands Acteurs d'une supériorité reconnue.

La seconde représentation de Zaïre, qui a couronné le Début du sieur Fromentin, a développé complettement tout ce qu'il est dès à préſent, tout ce qu'il deviendra. J'ai vu jouer plusieurs fois le Rôle d'*Orofmane* par de grands Maîtres

Maîtres & par de vieux Comédiens: mais, je le dirois à la face du Public, fi quelques Acteurs y ont jetté plus de force, c'est-à-dire, ont plus chargé le tableau, aucun d'eux n'y a jamais mis plus d'ame, plus de vérité, plus d'intelligence & plus de nobleffe. On ne peut rien ajouter à la précifion dont le premier Acte fut joué, à la façon dont les caracteres de l'amour, de la jaloufie, de la diffimulation & de la fureur furent variés & reffentis dans le quatrieme, ni au pathétique touchant qu'il répandit dans tout le cinquieme. Après en avoir été témoin, je ne conçois pas encore comment un jeune homme de cet âge a pu foutenir jufqu'au bout, & avec autant de fuccès, un Rôle auffi pénible, auffi fatiguant, auffi difficile à tous égards que l'eft tout ce Rôle d'*Orofmane*, l'un des plus forts du Théâtre. Sa voix, à la fin du cinquieme Acte, loin d'être épuifée, fembloit s'être encore nourrie. Je ne me suis point apperçu dans toute l'étendue de ce long Rôle, d'un seul endroit qu'il ait rendu foiblement ; mais j'ai très-bien remarqué, qu'il donnoit par-tout le vrai ton & la touche propre du sentiment qu'il exprimoit. Il a fait voir enfin qu'on pouvoit jouer Orofmane, sans crier & sans perdre haleine ; qu'on pouvoit rendre toute l'énergie de ce Rôle intéressant, par d'autres moyens, que par une action violente, des contorsions, une voix forcée, &c. &c. &c.

Il faut vous dire une circonstance qui fait également honneur & au sieur le Kain, & au jeune Sujet. Le sieur Dubois, qui avoit fait le Rôle de Châtillon à la premiere représentation de la Piece, se trouvant, par un rhume, hors d'état de jouer à la reprise, on étoit embarassé de remplir ce vuide. Le sieur le Kain eut la complaisance, ou plutôt la générosité de descendre jufqu'à vouloir bien fe charger de ce Rôle fubalterne. De fon côté, le jeune Acteur eut le courage, la confiance, ou la noble audace (choififfez le terme) de ne pas craindre le parallele, & de marcher à côté de fon Maître : il ofa même, en fa préfence, partager les applaudiffe-mens. Des Obfervateurs plus malins que moi ont interprêté tout autrement la démarche du fieur le Kain. Mais pourquoi lui ôter le mérite d'une belle action ? Je prétends moi qu'il n'a cherché qu'à faire valoir le jeune homme.

On va maintenant juger notre Acteur en pleine connoiffance de caufe. Mais quelqu'idée qu'on vous en donne, Monsieur, il faudra toujours reconnoître qu'il a tout joué d'original, que fon exécution eft à lui, & qu'il ne copie perfonne, mérite affez rare.

Au refte, vous fçavez mieux que moi combien, dans tous les jugemens humains, il fe mêle de petits intérêts, de vues cachées, & d'autres motifs fort éloignés des difpofitions qui font difcerner nettement le vrai; combien d'ailleurs il eft peu de gens capables de fentir la nature. Vous fçavez encore que les trois quarts des hommes, même ceux qui parlent le plus haut, n'ont point d'opinion à eux, qu'ils ne font que les échos des autres, qu'enfin peu de gens, même parmi les Connoiffeurs, ou foi-difant tels, apportent au Spectacle ce coup d'œil jufte, cette oreille fûre, *purgatam aurem*, qui font les bons Juges en cette matiere; ainfi l'on doit s'attendre à bien des jugemens difparates.

Je fuis fur-tout curieux de voir ceux qu'en porteront les Journaux, pour examiner avec vous ce qui paroîtra procéder d'une connoiffance réfléchie, de l'amour de la vérité, d'un pur efprit de juftice; & ce qui aura été dicté par la prévention, par l'intérêt de parti, par cet esprit de soupleſſe qui prétend tout concilier, en ne préſentant rien de net; en dénaturant toutes les idées, en cherchant toujours à s'envelopper dans une profuſion de mots qui diſent & ne diſent pas, &c. &c. &c.

On a fait une objection au ſujet du nouvel Acteur. On a demandé pourquoi, vu ſa grande jeuneſſe, il débutoit par des Rôles de la plus grande force ? Quelqu'un a répondu pour lui : C'eſt parce que ſe deſtinant au plus grand genre du Théâtre auquel il ſe ſent appellé, il veut s'y former de bonne heure; c'eſt parce qu'il s'eſt ſenti capable de les rendre, comme l'événement l'a juſtifié; c'eſt encore pour vérifier la maxime : *Que qui fait le plus, peut faire le moins.*

Le défaut le plus marqué que l'on trouve au nouvel Acteur, eſt donc la jeuneſſe ? Précieux défaut toujours envié de tous ceux qui le reprochent! Mais les gens de mauvaiſe humeur,

qui ne fçauroient digérer qu'on entre-
prenne à cet âge de toucher leur
fenfibilité naturelle, de leur arracher
quelques larmes, de leur caufer de
l'émotion, n'ont donc jamais vu de
talens précoces ? Eft-ce la faute du
jeune Acteur, fi l'impulfion de la Nature s'eft trouvée plus forte chez lui,
que toutes les raifons qui pouvoient
la combattre ? Sont-ils d'ailleurs plus
clairs-voyans que les Supérieurs éclai-
rés qui ont démêlé fes talens, dont les
bontés les ont fait éclore, qui les ont
enfuite encouragés, & qui ne les ont
pas laiffé produire, fans connoître la
portée du Sujet. Car vous jugez bien,
Monsieur, que le Début d'un Acteur fi jeune, dans les plus grands
Rôles du Théâtre, n'a point été ré-
folu fur ces lueurs paffageres qui font
fi fouvent illufion, ni accordé à la
prévention de ceux qu'elles auroient
pu tromper. Les Perfonnes refpecta-

bles qui préfident à la direction du Théâtre, ont des yeux pour voir par eux-mêmes, & font apparamment les premiers Juges.

Après tout, ceux qui louent le plus modeftement le jeune Acteur, ont la bonté de lui trouver de l'*Etoffe*; mais ils ne penfent pas, fans doute, que c'eft en faire le plus grand éloge. Car que manque-t-il au Théâtre fur lequel il vient de s'effayer? Ce n'eft pas affurément la façon, mais le fond même des talens dans le genre, pour lequel il fe préfente. C'eft l'*Etoffe* précifément qui manque, & j'en ai marqué la raifon au commencement de ma Lettre. Je ne crains, pour lui, que l'altération de cette bonne & franche étoffe. Je fçais qu'elle ne fuffit pas feule, & qu'il faut l'apprêt du travail. Mais que fon bon génie le préferve de tous les confeils infidieux que l'on pourra lui donner, & de la contagion du chant, du maniéré, de l'art faux qui s'inoculent assez d'eux - mêmes, sans que personne s'en mêle ; je réponds de lui. Il est du moins en état de dire, dès à présent, comme Philippe II : *Moi & le tems,* YO E EL TEMPO.

J'ai l'honneur d'être, &c.

A Paris, le 7 Février 1765.

www.ingramcontent.com/pod-product-compliance
Ingram Content Group UK Ltd.
Pitfield, Milton Keynes, MK11 3LW, UK
UKHW020916140726
13695UKWH00006B/2558